Superlapin

ISBN 978-2-211-08968-5
Première édition dans la collection *lutin poche*: octobre 2007
© 2005, l'école des loisirs, Paris
Loi numéro 49 956 du 16 juillet 1949 sur les publications
destinées à la jeunesse: septembre 2005
Dépôt légal: octobre 2017
Imprimé en France par I.M.E. by Estimprim à Autechaux

Stephanie Blake

Superlapin

les lutins de l'école des loisirs
11, rue de Sèvres, Paris 6ᵉ

Il
était
une fois
un petit lapin
qui se prenait
pour un

Superlapin.

Lorsque sa maman lui disait :
« Debout, mon petit lapin ! »
il répondait :

« Je suis Superlapin ! »

« Pas si super que chat »,
disait Milou.

Lorsque
sa maman
lui disait :
« Que vas-tu faire aujourd'hui,
mon petit lapin ? »
il répondait :
« Mais enfin,
chère mère,
je ne suis pas un petit lapin,

je suis Superlapin !
Les Superlapins
attrapent les méchants,
vous le savez bien ! »

Ce jour-là,
donc,
Superlapin
part chasser
les méchants.

Tout à coup,
il découvre
un trou
dans un arbre.
Mais, à l'intérieur,
rien ne bouge.

Superlapin,
qui
n'a peur de rien,
saute
dans le trou.
Mais il fait très froid
et très sombre.
Soudain,
il se met à hurler
de toutes ses forces :

« Maman ! »

« Maman !
Maman !
Maman !»

hurle le petit lapin.

« J'ai un morceau d'épée

dans le doigt !»

La maman
du petit lapin
va chercher de quoi
enlever
ce qui s'est glissé
dans le doigt
du petit lapin.

Lorsque
sa maman lui dit :
« Comment as-tu fait ça,
mon petit lapin ? »
il répond :
« C'est un méchant
qui m'a sauté dessus
avec une épée
grosse comme ça ! »
« Oh, je vois,
mon petit lapin. »

Puis,
lorsque l'aiguille
s'approche,
le petit lapin
sent quelque chose
de nouveau :
il a **peur** et il a **mal**.

La maman
du petit lapin
sort l'écharde
et s'écrie :
« Tu es le plus courageux
de **tous**
les petits lapins,
tu n'as vraiment peur de rien !»
Et le petit lapin hurle :
« **Normal ! Je suis
Superlapin !**»

Lorsque
sa maman
lui demande :
« Mais où vas-tu
avec cette écharde,
mon petit lapin ? »
il répond :

«Mais enfin, mère,
ce n'est pas
une écharde,
c'est une
Superépée !
Je vais
chasser
les méchants
car je suis
Superlapin !»